S0-CGQ-100

Animales opuestos/Animal Opposites

chicos y ALTOS

Un libro de animales opuestos

short and TALL

An Animal Opposites Book

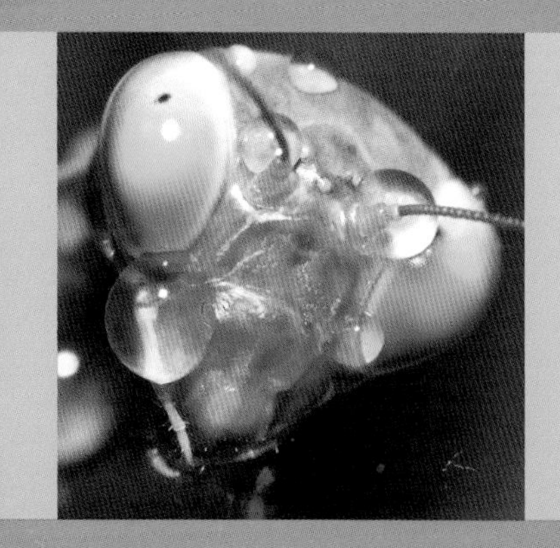

por/by Nathan Olson

Traducción/Translation: Dr. Martín Luis Guzmán Ferrer

Mankato, Minnesota

Some animals are short enough to hide in grass and brush. Other animals are tall enough to reach the tops of trees. Let's learn about short and tall by looking at animals around the world.

Algunos animales son tan chicos que pueden esconderse en el pasto y los matorrales. Otros animales son tan altos que alcanzan la copa de los árboles. Vamos a conocer acerca de lo chico y lo alto viendo a los animales de todo el mundo.

short/chicos

Badgers need to be short to chase their prey through holes and burrows. They are fierce fighters.

Los tejones tienen que ser chicos para poder perseguir a su presa por hoyos y madrigueras. Son unos animales fieros.

TALL/ALTOS

Giraffes need to be tall to eat leaves from the highest branches. They are peaceful plant-eaters.

Las jirafas tienen que ser altas para poder comerse las hojas de las ramas más altas. Son unos animales pacíficos que se alimentan de plantas.

Giraffes sleep standing up. They sleep on their feet in case they need to run away from danger.

Las jirafas duermen de pie. Duermen sobre sus patas por si tienen que huir de algún peligro.

short/chicos

Ermines are short arctic animals. They can chase rabbits and mice through underground tunnels.

Los armiños son unos animales chiquitos del Ártico. Pueden perseguir conejos y ratones por los túneles subterráneos.

An ermine's coat is brown in the spring and summer. It turns white in the winter.

La piel del armiño es marrón en la primavera y el verano. En el invierno se les pone blanca.

TALL/ALTOS

Polar bears are tall arctic animals. They stand up on their hind legs and smell the air to find prey.

Los osos polares son unos animales altos del Ártico. Se paran sobre sus patas traseras para olfatear el aire y encontrar una presa.

Polar bears have black skin under their white fur. The dark color draws in heat from the sun and helps keep them warm.

Los osos polares tienen la piel negra debajo del pelaje blanco. El color negro sirve para absorber el calor del sol y los ayuda a estar calientes.

short/chicos

Shetland ponies are short. But they are strong enough to give you a ride.

Los ponis de las islas Shetland son chiquitos. Pero son lo suficientemente fuertes como para que puedas montarlos.

TALL/ ALTOS

Horses stand tall. Some baby horses, called foals, are as tall as a full-grown pony.

Los caballos son altos. Algunos caballos bebés, llamados potros, pueden ser tan altos como un poni adulto.

short/ chicos

Penguins are birds with very short legs. There is just enough room for a chick to keep warm.

Los pingüinos son unos pájaros de patas chiquitas. Sólo tienen espacio para cobijar a su polluelo y mantenerlo caliente.

TALL/ ALTOS

Ostriches cannot fly. They use their wings for balance when they run.

Los avestruces no pueden volar. Usan sus alas para mantener el equilibrio cuando corren.

The ostrich is the tallest bird in the world. It stands almost 8 feet (2.4 meters) tall.

El avestruz es el pájaro más alto del mundo. Alcanza casi 8 pies (2.4 metros) de altura.

short/chicos

Dachshunds are very short dogs. They can be shorter than a cat.

Los perros salchichas son unos perros chiquitos. Pueden ser más chicos que un gato.

TALL/ ALTOS

Great Danes stand quite tall. They are as tall as a pony.

Los gran daneses son bastante altos. Pueden ser tan altos como un poni.

short/bajitas

With no legs at all, snakes are short enough to easily hide.

Como no tienen patas, las serpientes son tan bajitas que pueden esconderse fácilmente.

TALL/ ALTOS

Cobras can be tall snakes. They rise up if they sense danger.

Las cobras pueden ser unas serpientes altas. Se elevan si sienten que hay peligro.

short/chicos

Even though centipedes have lots of legs, they are still short bugs.

Aunque los ciempiés tienen muchísimas patas, aun así son unos insectos chicos.

TALL/ALTOS

Praying mantises
have only six legs.
But they are tall bugs.

Las mantis religiosas
sólo tienen seis patas.
Pero resultan unos
insectos altos.

Praying mantises can
eat small tree frogs.

Las mantis religiosas
pueden comer pequeñas
ranas de árbol.

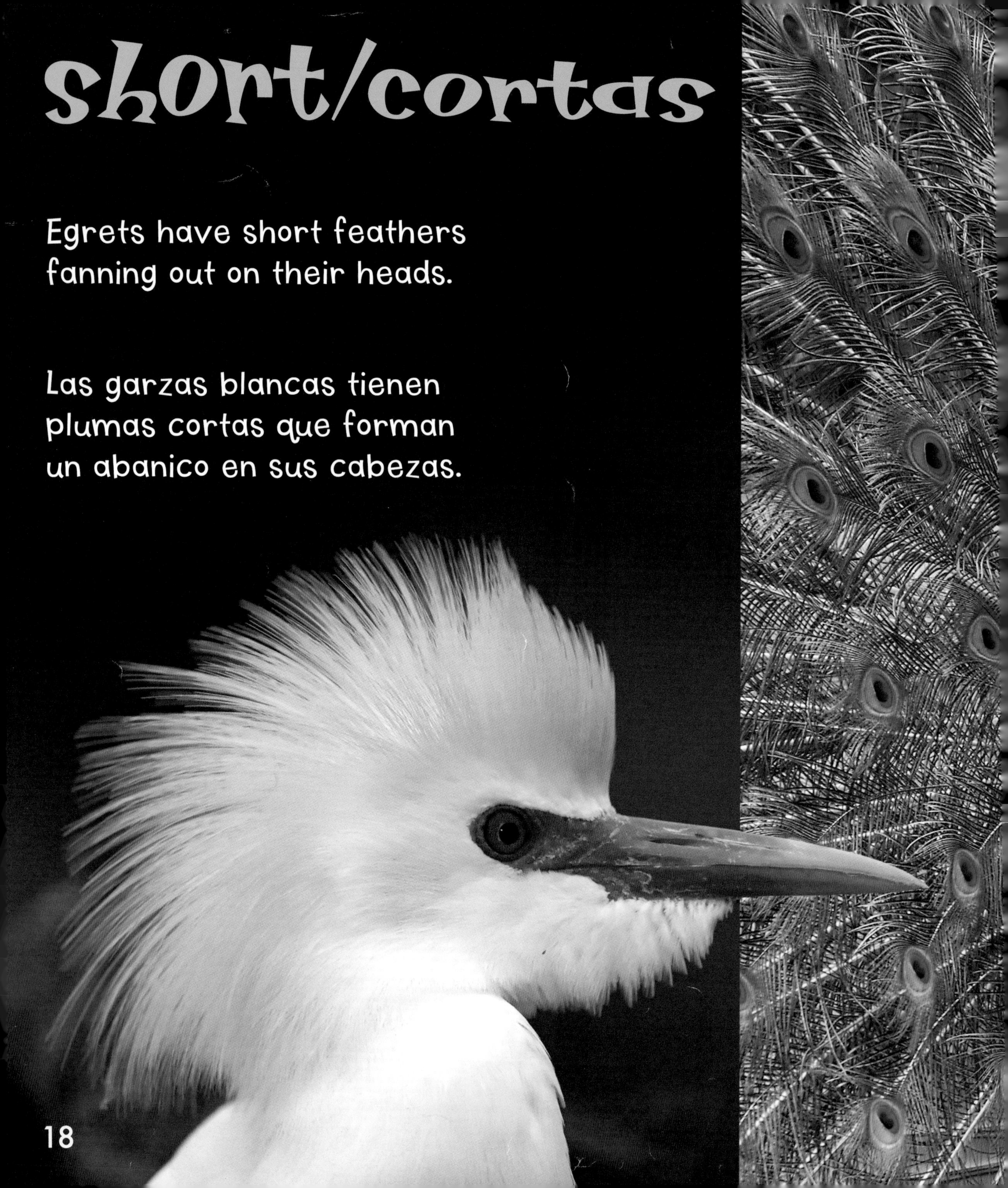

short/cortas

Egrets have short feathers fanning out on their heads.

Las garzas blancas tienen plumas cortas que forman un abanico en sus cabezas.

TALL/ ALTOS

Peacocks proudly fan their tall, colorful tail feathers.

Los pavos reales orgullosamente muestran su alto abanico de coloridas plumas.

short/chicos

Horned lizards use their short horns to dig in the sand and hide.

El lagarto cornudo usa sus cuernitos para cavar en la arena y esconderse.

TALL/ALTOS

Elk have tall, strong antlers that they use for fighting.

El alce tiene unos cuernos altos y fuertes que usa para luchar.

short/chicos

Hawkfish are short.
They hide in coral.

Los peces halcón son chiquitos. Se esconden entre los corales.

TALL/ALTOS

Sea rods grow tall. These corals look like plants. But they are really animals.

Hay corales que crecen muy altos. Estos corales parecen plantas. Pero en realidad son animales.

short/chicos

Baby gorillas are short. Some are even shorter than human babies at birth.

Los gorilas bebés son chiquitos. Cuando nacen, son aun más pequeños que los bebés humanos.

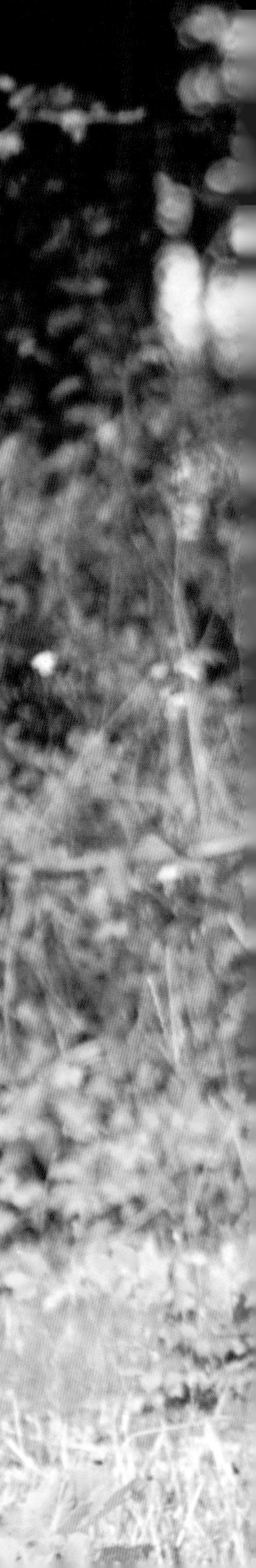

TALL/ALTOS

Gorillas walk with their knuckles on the ground.

Los gorilas caminan apoyando los nudillos en la tierra.

Gorillas grow into tall adults. Standing up, male gorillas are taller than some human adults.

Los gorilas son muy altos cuando llegan a adultos. De pie, los gorilas machos son más altos que algunos humanos adultos.

Short animals can chase prey into small places. Others can easily hide when in danger. Some tall animals run away from enemies. Others use their height to stay safe. What kinds of short and tall animals live near you?

Los animales chiquitos pueden perseguir a su presa en lugares pequeños. Otros pueden esconderse fácilmente cuando están en peligro. Algunos animales altos corren para huir de sus enemigos. Otros usan su estatura para estar a salvo. ¿Qué clase de animales chicos o altos viven cerca de ti?

Did You Know?

A full-grown male giraffe can stand as tall as 18 feet (5.5 meters), which makes it the world's tallest animal. An adult giraffe's neck can weigh as much as 600 pounds (272 kilograms).

Una jirafa adulta puede alcanzar 18 pies (5.5 metros) de altura, lo que la hace el animal más alto del mundo. El cuello de la jirafa puede llegar a pesar 600 libras (272 kilos).

A group of gorillas is called a troop. Who is tallest in the troop? The male silverback gorilla is taller and almost twice as heavy as the females.

Un grupo de gorilas forma una manada. ¿Quién es el más alto de la manada? El gorila de espalda plateada es el más alto y casi el doble de pesado que las hembras.

¿Sabías que?

Peacocks use their tall feathers to attract females, called peahens. Peahens do not have colorful feathers.

Los pavo reales usan sus altas plumas para atraer a las hembras. Las hembras no tienen un plumaje tan colorido.

Penguins spend most of their lives in the water. They use their short wings, legs, and feet to swim.

Los pingüinos pasan la mayor parte de su vida en el agua. Usan sus alitas, sus patitas y sus piecitos para nadar.

Why do snakes flick out their tongues? There is a special organ in a snake's mouth that helps it to smell. The tongue brings different smells into the mouth.

¿Por qué las serpientes sacan la lengua? Las bocas de las serpientes tienen un órgano especial que las ayuda a oler. La lengua le lleva diferentes olores a la boca.

Glossary

balance — the ability to keep steady and not fall over

burrow — a tunnel or hole in the ground made or used by a rabbit, badger, or other animal

coral — an ocean animal with a soft body and many tentacles; corals often live in groups.

danger — a situation that is not safe

enemy — a person or animal that wants to harm or destroy another

foal — a young horse

knuckle — one of the joints in a finger

prey — an animal that is hunted by another animal for food

Internet Sites

FactHound offers a safe, fun way to find educator-approved Internet sites related to this book.

Here's what you do:

1. Visit *www.facthound.com*
2. Choose your grade level.
3. Begin your search.

WWW.FACTHOUND.COM®

This book's ID number is 9781429632539.

FactHound will fetch the best sites for you!

Glosario

el coral — animal marino de cuerpo suave con muchos tentáculos; los corales frecuentemente viven en grupos.

el enemigo — persona o animal que quiere lastimar o destruir a otro

el equilibrio — la habilidad para mantenerse firme y no caerse

la madriguera — túnel o agujero en la tierra que hacen o usan los conejos, tejones u otros animales

el nudillo — una de las articulaciones del dedo

el peligro — situación insegura

el potro — caballo joven

la presa — animal que es cazado por otro animal como comida

Sitios de Internet

FactHound te brinda una forma segura y divertida de encontrar sitios de Internet relacionados con este libro y aprobados por docentes.

Lo haces así:

1. Visita *www.facthound.com*
2. Selecciona tu grado escolar.
3. Comienza tu búsqueda.

WWW.FACTHOUND.COM®

El número de identificación de este libro es 9781429632539.

¡FactHound buscará los mejores sitios para ti!

Index

Índice

A+ Books are published by Capstone Press,
151 Good Counsel Drive, P.O. Box 669, Mankato, Minnesota 56002.
www.capstonepress.com

Printed in the United States of America

1 2 3 4 5 6 14 13 12 11 10 09

Library of Congress Cataloging-in-Publication Data
Olson, Nathan.
[Short and tall. Spanish & English]
Chicos y altos : un libro de animales opuestos = Short and tall : an animal opposites book / por/by Nathan Olson.
p. cm. — (A+ books) (Animales opuestos = Animal opposites)
Includes index.
Summary: "Brief text introduces the concepts of short and tall, comparing some of the world's shortest and tallest animals — in both English and Spanish"— Provided by publisher.
ISBN-13: 978-1-4296-3253-9 (hardcover)
ISBN-10: 1-4296-3253-4 (hardcover)
1. Animals — Juvenile literature. 2. Body size — Juvenile literature. I. Title. II. Title: Short and tall. III. Series.
QL799.3.O4718 2009
591.4'1 — dc22 2008034665

Credits
Heather Adamson and Megan Peterson, editors; Eida del Risco, Spanish copy editor; Veronica Bianchini and Renée T. Doyle, designers; Biner Design, book designer; Wanda Winch, photo researcher

Photo Credits
BigStockPhoto.com/CEmoryMoody, 18; BigStockPhoto.com/Global Photographers, 12–13; Brand X Pictures, 24; Dreamstime/Omar Ariff Kamarul Ariffin, 15; Dreamstime/Pufferfishy, 22; iStockphoto/John Pitcher, cover (badger); iStockphoto/Markanja, 9; iStockphoto/Pavlo Maydikov, cover (ostrich); iStockphoto/Ryan KC Wong, 12; Peter Arnold/A. Visage, 6; Peter Arnold/D. Tipling, 10; Peter Arnold/S. Muller, 24–25; Peter Arnold/Steven Kazlowski, 7; SeaPics.com/Doug Perrine, 22–23; Shutterstock/Alexander Kolomietz, 1 (middle), 2 (bottom); Shutterstock/Alexey Biryukov, 2 (top); Shutterstock/Alexey Kryuchkov, 27 (bottom); Shutterstock/Dan Bannister, 4; Shutterstock/Daniel Gale, 18–19; Shutterstock/Eline Spek, 27 (top); Shutterstock/EML, 3 (middle right); Shutterstock/Eric Lawton, 17; Shutterstock/Eugene Buchko, 20; Shutterstock/Jan Martin Will, 1 (right), 3 (bottom); Shutterstock/Joe Gough, 8; Shutterstock/John Bell, 16; Shutterstock/Juha Tuomi, 26 (bottom); Shutterstock/Loke Yek Mang, 3 (top); Shutterstock/Robynrg, 29; Shutterstock/Ryan Arnaudin, 14–15; Shutterstock/Sara Robinson, 27 (middle right); Shutterstock/Shironina Lidiya Alexandrovna, 1 (left), 26 (top); Shutterstock/Stanislav Khrapov, 4–5; Shutterstock/Steffen Foerster Photography, 11; Shutterstock/Wesley Aston, 20–21

Note to Parents, Teachers, and Librarians

This Animales opuestos/Animal Opposites book uses full-color photographs and a nonfiction format to introduce children to the concepts of short and tall. *Chicos y altos/Short and Tall* is designed to be read aloud to a pre-reader or to be read independently by an early reader. Photographs help listeners and early readers understand the text and concepts discussed. The book encourages further learning by including the following sections: Did You Know?, Glossary, Internet Sites, and Index. Early readers may need assistance using these features.